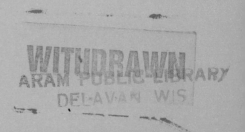

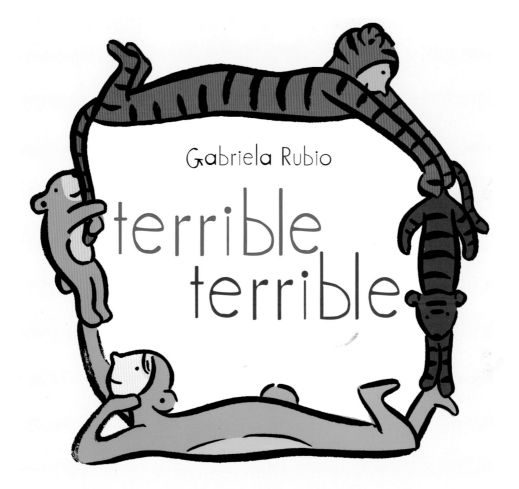

Gabriela Rubio

terrible
terrible

Ediciones Ekaré

Mi nombre es Alejandro.
¡Soy un oso azul terrible!

My name is Alexander.
I am a terrible red tiger!

¿Qué es eso?
¡Es un tigre rojo terrible!

What is that?
It is a terrible blue bear!

Dame ese tigre:
¡Me lo quiero comer!

Give me that bear:
I want to eat it!

Un oso es
más fuerte
que un tigre.

No, a tiger is
stronger
than a bear.

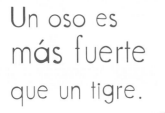

 Un oso puede…

rugir, girar y volar.

 A tiger can…

roar, spin and fly.

Un oso puede subir y bajar.

A tiger can go up and down.

Ven a mi casa,
tigre rojo.
Te enseñaré lo que
puede hacer
un oso.

Un oso puede **saltar** más alto que un tigre.

A tiger can **jump** higher than a bear.

Un oso puede
levantar un autobús.

A tiger can
lift a bus.

Un oso puede
esconderse dentro
del armario.

A tiger can
hide inside
the closet too.

A tiger can
hide under
the bed.

Un oso también puede
esconderse debajo
de la cama.

Come to my house,
blue bear.
I will show you
what a tiger can do.

A tiger can
destroy
a whole city.

Un oso también puede
destruir
una ciudad entera.

Me gusta tu tigre rojo.

I like your blue bear.

Buenas noches, terrible tiger.

Good night, oso terrible.

Edición a cargo de María Cecilia Silva-Díaz
Dirección de arte y diseño: Irene Savino

Primera edición, 2005
© 2005 gabriela Rubio
© 2005 Ediciones Ekaré

Edif. Banco del Libro, Av. Luis Roche, Altamira Sur,
Caracas 1062, Venezuela

Manuel de Falla 9, 08034 Barcelona, España

www.ekare.com

ISBN 84-933060-7-X
Impreso en Phoenix Offset, Hong Kong

Las ilustraciones están realizadas en tinta china sobre papel
y coloreadas en Photoshop.

17709